Paolo Albani

Fantasmagorie

Parole in bianco

Biblioteca Oplepiana
N. 19

ISBN: 9788893641739 (libro) – 9788893641838 (ebook)

Fantasmagorie
Parole in bianco
a cura di Oplepo, piazza dei Martiri, 30 – 80121 Napoli (Italia)
Prima edizione: 2005

Ristampa: giugno 2018

Cura redazionale di Eleonora Galloni

 http://www.inriga.it

 info@inriga.it

 https://it-it.facebook.com/inrigaedizioni/

 https://twitter.com/inrigaedizioni

 https://www.linkedin.com/company/in-riga-edizioni-e-literary-agency

Agli spazi bianchi delle poesie di Stéphane Mallarmé, al *Coltello senza lama, al quale manca il manico* di Georg Christoph Lichtenberg e alla *Prima comunione di fanciulle affette da clorosi in una giornata di neve* di Alphonse Allais, al capitolo diciottesimo del volume nono del *Tristram Shandy*, al «libro su niente» sognato da Gustave Flaubert, alle pagine bianche dei libri scozzesi raccontate da Julio Cortázar, alla «Pagina inedita non scritta di Samuel Beckett» in *Quo lapis?* di Lino Di Lallo e alla riga inesistente offerta al tipografo da Giorgio Manganelli.

La rima ci ricorda che le parole sono in primo luogo suono e che questo suono costruisce, allucina, crea, disegna nell'aria delle immagini, delle strutture, non saprei come definirle proprio perché sono allucinatorie, oniriche, sono fantasmi.

Un verso è simile ad un fantasma: tutto quel che si può fare è vederlo, e paventarlo.

Giorgio Manganelli

1

Limatura poetica

se•la•poesia•assume•la•forma
di•una• allazione•contagiosa
se•fing •di•eludere•la•norma
che•mos ra•ponendosi•in•posa
temi•ca astrofici•e•bugiardi
se•la•p rizia•della•limatura
sprona• ovesci•e•bui•azzardi
se•tram •rivolte•senza•paura
e•fa•ma   re•ludi•di•fonemi
allora•si•librano•gli•schemi

2

Pagine scompaginate

mi•costringo•a•giri•tortuosi
scompagino•pagine• he•a•sera
fanno•agitare•i•tr pi•fumosi
di•quella•limaccio a•chimera
che•adesca•la•scri tura•arte
di•dire•e•di•menti e•a•tutti
animando•narrazion •distorte
luogo•di•agibili•o i•e•lutti
conforto•alla•finz   •segno
corrotto•da•un•ambiguo•pegno

3

Variazioni aperte

```
un•nodo•di•variazioni•aperte
alle•scale• iù•imprevedibili
un•flusso•t nico•di•sofferte
rime•arie•s iramenti•e•stili
furibondi•s lve•combinatorie
di•lettere• ascoste•in•versi
che•creano• izzania•e•storie
inverosimil •autori•dispersi
e•morsi•di•   atori•bisticci
che•al•cuore•rompono•i•lacci
```

4

Ludiche licenze

molecolare•motivo•si•modella
in•sintagmi• enza•svenimenti
di•parole•pà os•che•pennella
fraseggi•fio iti•su•fermenti
di•licenze•l diche•e•leziose
rime•che•ran olano•nel•rullo
ceco•che•cat ura•capricciose
nenie•e•nonn lla•nembi•nello
sfondo•di•st nezze•spremute
dal•marasma•di•mirate•minute

5

Piccole cosmogonie

con•il•profumo•dei•fiori•blu
tesse• uadrature•del•cerchio
serie• bique•di•comici•haiku
piccol •cosmogonie•coperchio
a•imma i•angosce•matematiche
divert nti•giochi•in•autobus
e•sull •lingua•agili•fatiche
che•fr llano•nel•*trobar•clus*
stile•oscuro•ma•ricco•di•vie
di•fuga•verso•salde•fantasie

6

Demoni poetici

scelte•di•destini•incrociati
si•ac apigliano•in•avventure
dove•v gano•nobili•dimezzati
dentro• abirinti•di•velature
fervide• incoli•che•smuovono
demoni•st molanti•e•inattese
soluzioni• uvole•che•dormono
in•trame•ge metriche•pretese
spiegazioni•del•mondo•rigore
poetico•che•cattura•il•cuore

7

Sadici inganni

dispàre•una•lettera•infelice
gli•in anni•sadici• ermutano
le•cos •flaubertian •in•luce
di•par le•che•non•t adiscono
le•ist uzioni•langu •curiosa
la•tra ica•parodia• he•abita
gli•el nchi•di•ricordi•sposa
gli•as alti•ilari•della•vita
intrighi•di•falsari•botteghe
oscure•e•sogni•fra•le•pieghe

8

Leggere derive

si•aggira•nel•testo•un•ballo
di•giocosi•s arti•che•vagano
come•derive• eggère•in•fallo
e•cortocircu ti•che•eccitano
i•led•di•spo tanee•relazioni
costrutti•in spettati•e•reti
di•fabule•ri osse•percezioni
epicuree•pal stre•di•segreti
dove•si•alle ano•i•corollari
di•rari•sillabari•immaginari

9

Duchampiane turbolenze

```
muove•il•cavallo•di•traverso
e•vacil a•un•pedone•dadaista
poi•svi ne•sul•finale•sperso
fra•i•dubbi•di•un•algebrista
informa e•cultore•di•scienze
patafis che•duchampiano•vate
e•manip latore•di•turbolenze
e•di•si tesi•molto•elaborate
vera•re    sance•di•plastici
ricami•che•sembrano•artifici
```

10

Ardite protesi

fucina•di•parole•irriverenti
laborat rio•che•arreda•frasi
e•ricom one•piani•divergenti
seminar o•per•ardite•protesi
che•con ezionano•esperimenti
non•mov mento•neppure•scuola
ma•topi o•sito•di•divertenti
incastr •gruppo•che•manipola
giocatt li•poetici•traguardi
da•cento•miliardi•di•accordi

La Biblioteca Oplepiana [*]

Ruggero Campagnoli
Edulcoranti, con cento tempere,
Coloranti, di Totò Radicchio (1990, 1)

Aldo Spinelli
L'uso delle istruzioni, Rigrafia (1991, 2)

Giuseppe Varaldo
Canto tenero, Mitografemi (1992, 3)

Ruggero Campagnoli
Deliri edipici, Sonetti palindromici (1992, 4)

Piero Falchetta
Frammenti in vita
Combinazioni monorime con commento (1993, 5)

Ruggero Campagnoli
Vocalizzi Zulu, Sonetti monovocalici latenti,
con una cartella di 5 serigrafie,
Proiezioni e vocali in ombra, di Totò Radicchio (1994, 7)

Elena Addòmine
Forme For me, Traduzioni omografiche (1994, 7)

Raffaele Aragona
La viola del bardo, Piccolo Omonimario Illustrato (1994, 8)

Aldo Spinelli
Le ripartite, Rimbalzo statistico (1994, 9)

Ruggero Campagnoli
Sestine per modo di dire,
Testi locuzionali semiautomatici (1994, 10)

Sal Kierkia ·
(a cura di) *L'isola teletrasportata*, Anagrafie (1996, 11)

Paolo Albani

Geometriche visioni, L'alfabeto raffigurato (1996, 12)

Paolo Albani

Rose osé, Lettere rubate (1998, 13)

Màrius Serra i Roig

Turandot espuri, Solfeix (1998, 14)

Luca Chiti

L'infinito futuro, Sillabe in crescenza (1999, 15)

Oplepo

Giallo di Anghiari, Misteri obbligati (1999, 16):
– *Analisi finale*, di Elena Addòmine
– *La disparizión*, di Raffaele Aragona
– *Alloro per loro*, di Brunella Eruli
– *Una parola d'oro*, di Piero Falchetta
– *Numero tredici*, di Sal Kierkia
– *Un caffè per tre*, di Giuseppe Varaldo

Oplepo

Esercizi di stime, Acronimi elogiativi (2000, 17):
– Elogio dell'*Opera poetica limitante entropiche profondità ombelicali*, di Elena Addòmine
– Elogio dell'*Oscurità poetica laureata esibendo parole oblique*, di Paolo Albani
– Elogio di *Ogni poema lipogrammatico esprimente potenzialità oscurate*, di Raffaele Aragona
– Elogio dell'*Ospedale per lemmi esausti, provati, obesi*, di Alessandra Berardi
– Elogio dell'*Operosa pastorelleria legata, elegantemente poco ortodossa*, di Luca Chiti
– Elogio dell'*Ostinato premere lemmi endecasillabici producenti oleosità*, di Brunella Eruli
– Elogio dell'*Ostracismo politico, legge emarginata, punto O*, di Sal Kierkia
– Elogio dell'*Osar poetare liberamente, evitando penalizzanti ortodossie*, di Maria Sebregondi
– Elogio dell'*Ombra, proiezione labile eppure pressoché onnipresente*, di Giuseppe Varaldo

Luca Chiti

Il centunesimo canto, Philologica dantesca (2001, 18)

Paolo Albani

Fantasmagorie, Parole in bianco (2001, 19)

Giulio Bizzarri

Art caveau, L'invisibile pittura (2001, 20)

Ermanno Cavazzoni

Morti fortunati, Slittamento proverbiale (2001, 21)

Oplepo

Il doppio, Due per uno (2004, 22):
– *Doppio senso*, di Alessandra Berardi
– *Double-face*, di Anna Regina Busetto Vicari
– *Il doppio imperfetto*, di Brunella Eruli
– *La scoperta dell'America*, di Domenico D'Oria
– *Duplex*, di Edoardo Sanguineti
– *Lingua doppia*, di Elena Addòmine
– *Il romanzo equivoco*, di Ermanno Cavazzoni
– *Specchio*, di Giulio Bizzarri
– *Senso doppio/doppio senso*, di Giuseppe Varaldo
– *Kamasutra*, di Maria Sebregondi
– *Il punto di vista, anche*, di Paolo Albani
– *Teoremi e assiomi*, di Piergiorgio Odifreddi
– *Raddoppi*, di Raffaele Aragona
– *Doppio doppio*, di Sal Kierkia
– *Doppio*, di Totò Radicchio

Piergiorgio Odifreddi

Riflessi in uno zaffiro orientale,
Diari minimi di viaggi effimeri (2005, 23)

Sal Kierkia

Preludi, Tempo obbligato (2005, 24)

Oplepo

A Italo Calvino (2005, 25)
– *La galleria dei destini incrociati*, di Paolo Albani
– *Rapsodia di fiori in blu*, di Brunella Eruli
– *Permutazioni bibliografiche*, di Domenico D'Oria
– *Lezioni italo-americane*, di Elena Addòmine
– *Alluvione d'aiuole*, di Sal Kierkia
– *Conoscenza della forma*, di Anna Busetto Vicàri
– *Italo Calvino in ottava*, di Giuseppe Varaldo
– *Sulla luna giraffa*, di Maria Sebregondi
– *Paronomàsie*, di Raffaele Aragona

Oplepo

Chimere, Esercizi funzionari (2206, 26)
– *La Chimera Incapricciata*, di Anna Busetto Vicari
– *La chimera di* Spoon River, di Brunella Eruli
– *Kimerik polito-logico*, di Domenico D'Oria
– *Chimere shakespeariane*, di Elena Addòmine
– *Sonetto della Chimera*, di Edoardo Sanguineti
– *Percorsi per-versi d'una chimera*, Giorgio Weiss
– *Manghiscoli*, di Ermanno Cavazzoni
– *Chimere*, di Giuseppe Varaldo
– *Tradurre, una chimera? PER-QUE-NEAU!*, di Maria Sebregondi
– *Mi illudo*, di Paolo Albani
– *Chimere napoletane*, Raffaele Aragona
– *I cosi così, di* Sal Kierkia

Cenni sugli autori dei testi

Cenni sugli autori dei testi

Elena ADDÒMINE, informatica, si occupa di organizzazioni di strutture aziendali, linguistiche, musicali e familiari. Si è prodotta sinora in strategie per l'innovazione tecnologica, traduzioni omografiche (*Forme for me*, B.O. n. 7, 1994) e in improvvisazioni pianistiche e culinarie, con le quali intrattiene la sua prole. Partecipa all'Oplepo da New York, dove vive e lavora.

Paolo ALBANI, scrittore e poeta visivo, dirige la nuova serie di *Tèchne*, rivista di bizzarrie letterarie e non. Tra le sue pubblicazioni: *Words in progress* (Campanotto, 1992); *Aga magéra difúra*. Dizionario delle lingue immaginarie (Zanichelli, 1994; Les Belles Lettres 2000); *Forse Queneau*. Enciclopedia delle Scienze Anomale (Zanichelli, 1999), *Il corteggiatore e altri racconti* (Campanotto, 2000), *Mirabiblia*. Catalogo ragionato di libri introvabili (Zanichelli 2003) e *Il sosia laterale e altre recensioni* (Edizioni Sylvestre Bonnard, 2003). Nel libro *Le cerniere del colonnello*. Antologia di scritti dell'Istituto di Protesi Letteraria (Ponte alle Grazie, 1991) ha raccolto i testi preoplepiani usciti sulla rivista "il Caffè". Per la "Biblioteca Oplepiana" ha scritto *Geometriche visioni*, L'alfabeto raffigurato (1996), *Rose osé*, Lettere rubate (1998), *Fantasmagorie*, Parole in bianco (2001).

Raffaele ARAGONA, ingegnere, insegna Tecnica delle Costruzioni nella Facoltà di Architettura dell'Università Federico II di Napoli. Pubblicista, scrive di enigmi e di ludolinguistica su "Il Mattino". Membro fondatore dell'Oplepo, è responsabile del Premio "Capri dell'Enigma", nell'àmbito del quale ha curato convegni specialistici e a carattere interdisciplinare, tra i quali, i più recenti, *Il fascino indiscreto dell'omonimia* (1994), *Attenti alla Sfinge!* (1996), *Le vertigini del labirinto* (1998), *La regola è questa* (2000), *Sillabe di Sibilla* (2002), *Il doppio* (2004). È autore di *Una voce poco fa*. Repertorio di vocaboli omonimi della lingua italiana (Zanichelli, 1994). Nella "Biblioteca Oplepiana" (1994) ha pubblicato *La viola del bardo*, Piccolo Omonimario Illustrato. Ha curato la raccolta *Antichi indovinelli napoletani* (Marotta, 1992) e, per le Edizioni Scientifiche Italiane, i volumi *Enigmatica. Per una poietica ludica* (1996), *Le vertigini del labirinto* (2000), *La regola è questa* (2002) e *Sillabe di Sibilla* (2004). Anche a sua cura è il volume *Capri à contrainte* (La Conchiglia, 2000). Ha pubblicato *Oplepiana*. Dizionario di letteratura potenziale (Zanichelli, 2002).

Alessandra BERARDI, poetessa, è autrice e interprete di spettacoli comici e per bambini. In breve: Musa Autoispiratrice. Sarda, vive a Bologna. È fra gli autori del programma di Raidue *L'albero azzurro*. Dal 1988 partecipa a rassegne di teatro, poesia e musica. Ha pubblicato, col gruppo Bufala Cosmica, *Rime tempestose* (Sperling & Kupfer, 1992). Dal 1990 fa parte di *Riso Rosa*, progetto teatrale di comicità femminile; con Daniela Rossi ha curato *Ragazze, non fate versi!* (Zona, 1999). Ha collaborato con varie testate, come *Linus, Comix, L'Unità, Il Domani*. Tiene laboratori di poesia per ragazzi; ha pubblicato il libro *Patate su Marte* (d'if, 2002). Sue poesie, racconti e canzoni si trovano in CD, video, riviste e antologie, tra cui *Doppio sogno* (di Emilio Galante, Scatola Sonora, 1996), *Sfiga all'Ok Corral* (Golem, a cura di S. Bartezzaghi, Einaudi, 1998) e *Oplepiana* (a cura di R. Aragona, Zanichelli, 2002). Da qualche anno collabora attivamente con il compositore Battista Giordano.

Giulio BIZZARRI, ha collaborato dal '71 al '73 alla rivista letteraria "il Caffè", curando una rubrica di *ready-made* linguistici. Dal 1980 è *copywriter* e direttore creativo di un'agenzia del gruppo BBDO. Ha pubblicato per Feltrinelli i due volumi *Vedute nel paesaggio* e *Scritture nel paesaggio* e, per le edizioni Essegi, *Giardini in Europa*. Nel 1989 ha fondato, con Gianfranco Gasparini, l'Università del Progetto di Reggio Emilia. Nel 1991, ha pubblicato le *Poesie terapeutiche*, vendute in libreria in più di 400.000 copie e per Comix *Pubblicità magari*. Nel 1990 ha ricevuto l'oro dall'Art Director's Club. Nel 2000 ha presentato, con la mostra *Advertaintment* alla Triennale di Milano, le ultime "pubblicità magari". È autore di *Art caveau. L'invisibile pittura* (B.O. n. 20, 2001).

Anna BUSETTO VICÀRI, fondatrice dell'Archivio e Centro Studi "il Caffè", la rivista letteraria di Giambattista Vicàri, del quale ha curato il carteggio con Ezra Pound in *Il fare aperto. Lettere 1939-1971* (Archinto, 2000); è autrice del libro *Solo di rose* (Raffaelli, 2003).

Ermanno CAVAZZONI, scrittore, insegna al Dipartimento di Filosofia dell'Università di Bologna. È autore de *Il poema dei lunatici* (Bollati Boringhieri, 1987), cui si è ispirato Federico Fellini per il film *La voce della luna*, de *Le tentazioni di Girolamo* (Bollati Boringhieri, 1991), di una serie di "traduzioni infedeli", all'interno di *Le leggende dei Santi* di Jacopo da Varagine (Bollati Boringhieri, 1993) e di *Vite brevi di idioti* (Feltrinelli, 1994). *I sette cuori* (Bollati Boringhieri, 1992) contiene sette divertenti variazioni, decisamente oplepiane, del deamicisiano "Sangue romagnolo". I suoi libri più recenti sono

Cirenaica (Einaudi, 1999) e *Gli scrittori inutili* (Feltrinelli, 2002). Ha introdotto edizioni dell'Ariosto e del Pulci; è tra gli ideatori della rivista *Il Semplice*.

Luca Chiti (1943–2003), laureatosi in Letteratura italiana moderna e contemporanea a Pisa, si è occupato delle avanguardie del primo Novecento con particolare interesse per le riviste fiorentine, pubblicando articoli su "Filologia e letteratura" e curando per l'Editore Loescher il volume *Cultura e politica nelle riviste fiorentine del primo '900* (1972). Nel 1973 ha curato la maggior parte delle voci degli autori del Novecento per il *Dai* (Dizionario degli autori italiani) dell'Editore D'Anna. Suoi testi poetici sono apparsi in "Arte e Poesia" e su "Quasi". Nel 1972 è uscita la sua raccolta di liriche *Il viaggio all'Oriente* nel volume *Poesie* (Ed. Manzuoli). È autore de *L'Infinito futuro*, Sillabe in crescenza (B.O. n. 15, 1999) e de *Il centunesimo canto*, Philologica dantesca (B.O. n. 18, 2001).

Domenico D'Oria, docente di Lingua e letteratura francese all'Università di Bari, è cultore entusiasta di esercizi oulipiani. È studioso dei problemi di ideologia nei dizionari e dei problemi teorici e pratici della traduzione. Ha dedicato molta attenzione ai *Jeux de mots* di François Georges Maréschal, marchese di Bièvre. Membro fondatore e Segretario dell'Oplepo, dirige l'*Alliance Française* di Bari.

Brunella Eruli, ordinaria di Letteratura francese all'Università di Siena, interessata ai problemi di arte contemporanea e delle avanguardie, ha pubblicato, oltre a vari saggi dedicati alla letteratura francese, *Jarry, i mostri dell'immagine* (Pacini, 1982), *Percorsi dell'avanguardia* (Pacini, 1992). Ha curato l'edizione dei volumi *Attenzione al potenziale! Il gioco della letteratura* (Nardi, 1994) e *L'obiettivo e la parola* (Slatkine-ETS, 1996). Autrice di vari scritti sul teatro, è caporedattore di "Puck, la marionette et les autres arts", la rivista internazionale del teatro di figura. Fa parte del consiglio di redazione della "Rivista di letterature moderne e comparate".

Piero Falchetta, bibliotecario alla Marciana di Venezia e storico della cartografia, ha sempre giocato con serietà in compagnia della letteratura. Da *Oculus pudens*, un volume sulla poesia di Andrea Zanzotto (Francisci, 1983), alla traduzione del romanzo lipogrammatico di Georges Perec *La disparition* (*La scomparsa*, Guida editori, 1995), ha coltivato con continuità i rapporti con quelle opere che sono generalmente, per qualche verso, considerate "difficili", sperando così, prima di ogni altra cosa, di renderle comprensibili, se non altro a sé stesso. Collabora a numerose riviste italiane e straniere. È autore di *Frammenti in vita*, Combinazioni monorime con commento (B.O. n. 5, 1993).

Sal KIERKIA (trascrizione abbreviata di Salvatore Chierchia), studente facoltativo di lungo córso e impropriamente ricercatore in proprio, ha avuto la sorte di rinvenire, durante migrazioni da vero "chierico vagante" fuori tempo, uno sconcertante latercolo nella lingua degli Incas. Esperto e appassionato di enigmi, di poesia artificiosa e di ludolinguistica, saltuario collaboratore bilingue della fortunosa rivista "il Caffè", è autore di preziose rubriche sulla rivista "Il Labirinto". A sua cura, la "Biblioteca Oplepiana" ha pubblicato (1996) *L'isola teletrasportata*, Anagrafie. È l'autore di *Preludi*, Tempo obbligato (B.O. n. 24, 2005).

Piergiorgio ODIFREDDI, ha studiato matematica in Italia, negli Stati Uniti e in Unione Sovietica, e insegna Logica presso le Università di Torino e Cornell (USA). Fra le sue pubblicazioni *Classical Recursion Theory* (North Holland, 1989 e 1999), *Il Vangelo secondo la Scienza* (Einaudi, 1999), *La matematica del Novecento* (Einaudi, 2000), *Il Computer di Dio* (Cortina, 2000), *C'era una volta un paradosso. Storie di illusioni e verità rovesciate* (Einaudi, 2001), *Il diavolo in cattedra. La logica da Aristotele a Godel* (Einaudi, 2003), *Le menzogne di Ulisse* (Longanesi, 2004), *Penna, pennello e bacchetta. Le tre invidie del matematico* (Laterza, 2005). Collabora con giornali, radio e televisione. Nel 1998 l'Unione Matematica Italiana gli ha assegnato il Premio "Galileo".

Totò RADICCHIO, architetto, docente alla Facoltà di Architettura di Venezia, vive a Bari. È autore dell'opera di pittura potenziale *Coloranti* (da *Edulcoranti*), liberamente tratta dalle cento stringhe di Campagnoli, delle quali riprende in chiave pittorica (geometrica e cromatica) le costrizioni permutazionali (uno dei suoi cento elementi è riportato nella copertina di *Oplepiana*). È anche autore di *Vocali*, altra opera che traduce pittoricamente la costrizione legata ai cinque sonetti omoconsonantici di Ruggero Campagnoli (*Vocalizzi Zulu*, B. O. n. 6, 1994).

Edoardo SANGUINETI, poeta, ha insegnato Letteratura italiana all'Università di Genova, sua città natale. Il suo nome è legato all'avanguardia, non solo letteraria, ma anche musicale, pittorica e teatrale. Le sue poesie sono raccolte da Feltrinelli in *Segnalibro* (1982), *Bisbidis* (1987), *Senza titolo* (1992), *Corollario* (1997) ed in *Novissimum Testamentum* (Nanni, 1986): in molte di esse è rimescolato il senso tragico, comico, onirico, grottesco, epigrammatico ed enigmistico con quei modi di capriccio e gioco, che caratterizzano anche la scrittura del Sanguineti narratore (*Capriccio italiano* e *Il giuoco dell'oca*, Feltrinelli, 1963 e 1987). *L'Alfabeto apocalittico*, 21 ottave scritte per la grande *Apocalisse* di Enrico Baj, fu letto dall'autore nel 1982 in forma teatralizzata con il volantinaggio dei singoli testi, dalla A alla Z, su foglietti variamente colorati, simili ai vecchi pianeti della fortuna. Autore oplepiano *ante litteram*, ha ricevuto nel 1998 il Premio "Capri dell'Enigma" – sezione arte e letteratura; nello stesso anno è entrato a far parte dell'Oplepo, del quale è oggi Presidente. *Il chierico organico* (Feltrinelli, 2000) è il titolo di una raccolta di suoi saggi.

Maria SEBREGONDI, consulente di comunicazione e di concept di prodotto, lavora con la scrittura in diverse aree: copywriting e comunicazione, editoria e traduzione letteraria, stampa periodica. Dall'attività professionale sono nate diverse esperienze didattiche presso Università pubbliche e private (corsi e seminari di scrittura e comunicazione, traduzione letteraria, formazione per creativi). Dal 2000, insegna *Percezione del linguaggio* all'Università dell'Immagine, Milano. Tra le sue pubblicazioni: *Etimologiario* (Longanesi, 1988; Greco&Greco, 2003), piccolo dizionario di etimologie inventate; la collana *Doppiogioco* (Giunti), storie in versi per bambini; *Smentimenti*, raccolta di racconti (Greco&Greco, 2000). Appassionata di traduzione di testi *à contrainte*, in versi e in prosa, ha tradotto Queneau (*Quercia e cane*, Il melangolo, 1995; *Centomila miliardi di baci*, Archinto, 1997), Perec (*Ellis Island. Storie di erranza e di speranza*, Archinto, 1996), Picabia, Coleridge, Nabokov. Dal 1996 fa parte di Oplepo. Firma la rubrica *Tecnica mista* su *Alias*, supplemento culturale de *Il Manifesto*. Vive prevalentemente a Milano.

Màrius SERRA, scrittore catalano, è nato e vive a Barcellona. Ha pubblicato vari volumi di racconti, tra i quali *Línia* (1987), *Contagi* (1992) e di novelle come *L'home del sac* (1990) e *Mon oncle* (1996). Giornalista, scrive su "La Vanguardia" e su l'"Avui" di Barcellona. Nel suo volume, *La vida normal* (Edicions Proa, Barcelona, 1998) si ripromette di trasformare la sua esperienza di scrittore in materia letteraria. È primo membro straniero dell'Oplepo, per il quale ha scritto *Turandot espuri*, Solfeix, fascicolo (B.O. n. 14, 1998). Sue opere più recenti sono *AblanatalbA* (Edicions 62, 1999) e *Verbalia* uscito contemporaneamente (Barcelona, 2001) nella versione catalana (Editorial Empúries) e castigliana (Editorial Península).

Aldo SPINELLI, pittore, giocologo, è membro corrispondente dell'Oupeinpo. Autore di varie pubblicazioni, ha firmato due fascicoli della "Biblioteca Oplepiana": *L'uso delle istruzioni* e *Le ripartite*. Il suo *Scarabeo d'oro* (1975-1980) è un gomitolo di lana colorata con scrittura in codice. Ha partecipato a numerose mostre collettive e sono molte le sue "personali" (Milano, Genova, Roma, Amsterdam, Oberhausen, Nizza, Gelsenkirchen); in occasione di una sua mostra, dal titolo *Falso Spinelli: un'arte un po' vera* (Genova, 2002), ha presentato il suo *Abbecediario*, diario di viaggio di una persona qualsiasi, che raccoglie in testi lipogrammatici le 21 lettere dell'alfabeto italiano. Un suo recente volume *e* (Marco Polillo Editore, Milano, 2001) costituisce un'eterodossa enciclopedia che ha per protagonista questa vocale.

Giuseppe VARALDO, medico, si interessa di enigmistica e di poesia ludica. È autore di *All'alba Shahrazad andrà ammazzata* (Vallardi, 1993). Il suo *Canto tenero* (B.O. n. 3, 1992) è il primo esempio di «mitografemi».